NICO dibuja un sentimiento

Bob Raczka

Ilustraciones de
Simone Shin

OCEANO travesía

Para aquellos que se salen de la raya cuando colorean
—B.R.

Para Laura, una artista, maestra y amiga maravillosa
—S.S.

Nico dibuja un sentimiento

Título original: *Niko Draws a Feeling*

© 2017 Bob Raczka (texto)
© 2017 Simone Shin (ilustraciones)

Publicado según acuerdo con Carolrhoda Books, una división de Lerner Publishing Group, Inc.,
241 First Avenue North, Minneapolis, Minnesota 55401, U.S.A.
Todos los derechos reservados.

Traducción: Ix-Nic Iruegas

D.R. © Editorial Océano, S.L.
Milanesat 21-23, Edificio Océano
08017 Barcelona, España
www.oceano.com

D.R. © Editorial Océano de México, S.A. de C.V.
Eugenio Sue 55, Polanco Chapultepec
Miguel Hidalgo, 11560, Ciudad de México
www.oceano.mx
www.oceanotravesia.mx

Primera edición: 2018

ISBN: 978-607-527-494-2

Depósito legal: B-4461-2018

IMPRESO EN ESPAÑA / PRINTED IN SPAIN

9004414010218

A Nico le encantaba hacer dibujos.
Siempre llevaba consigo
una caja de lápices de colores
y un bloc de papel.

Porque dondequiera
que mirara veía
algo que lo inspiraba.

Podía ser una mamá pájaro construyendo su nido.

O el tímido sol del otoño
asomándose detrás de una nube.

O el tintinear de la campana
del camión de los helados.

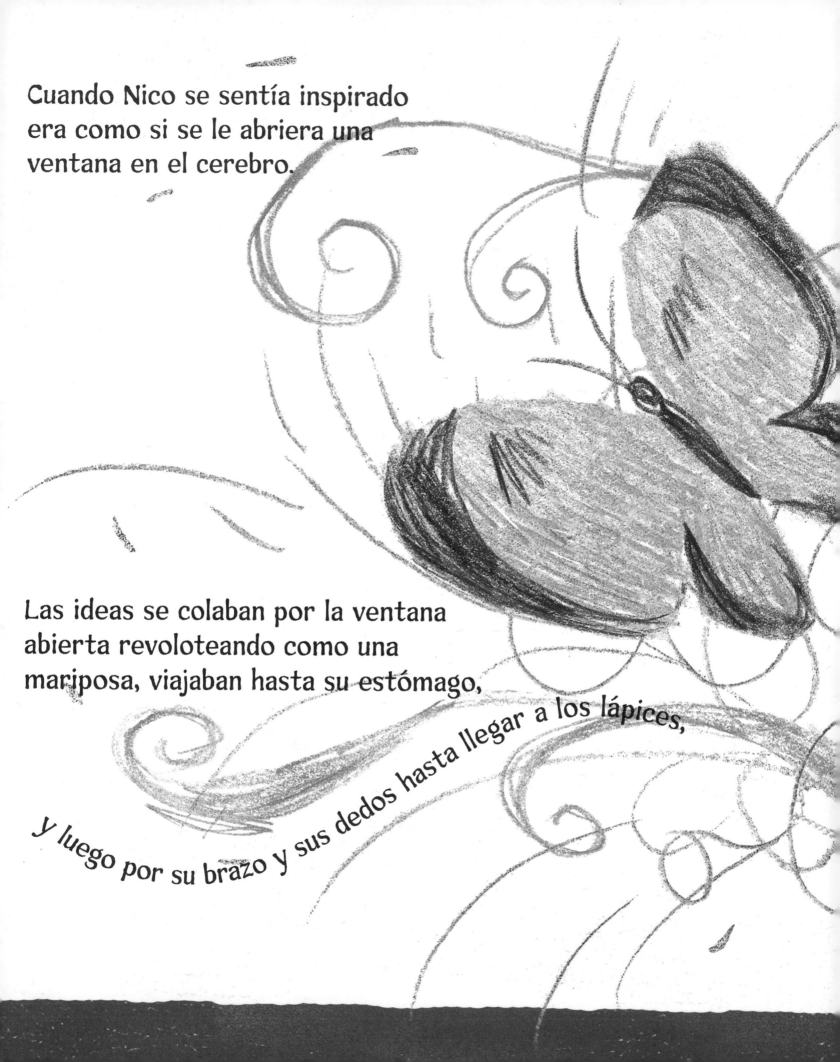

Cuando Nico se sentía inspirado
era como si se le abriera una
ventana en el cerebro.

Las ideas se colaban por la ventana
abierta revoloteando como una
mariposa, viajaban hasta su estómago,

y luego por su brazo y sus dedos hasta llegar a los lápices,

y de allí se escapaban hacia el papel en un remolino de colores.

Era una sensación maravillosa, y Nico intentaba capturarla siempre que podía.

A veces les mostraba los dibujos a sus amigos.

—¿Qué es? —preguntaba siempre alguno.

—Es el tintinear del camión de los helados —respondía Nico.

—Eso no parece el camión de los helados —decía otro.

—No es el camión de los helados —explicaba Nico—. Es su tintinear.

—¿Dónde está la campana?

—No es la campana. Es el tintinear.

—No entiendo.

A veces les mostraba los dibujos a sus padres.

—¿Qué es? —preguntaba su mamá.

—Es el calor del sol sobre mi cara —respondía Nico.

—Yo no veo el sol —decía su papá.

—No es el sol. Es el calor.

—¿Y dónde está tu cara?

—No es mi cara. Es el calor.

—Ah.

Una vez le mostró un dibujo a su maestra, la señorita Reed.

—¿Qué es? —preguntó la señorita Reed.

—Es el esfuerzo de una mamá petirrojo por construir su nido —respondió Nico.

—¿Dónde está el petirrojo?

—No es un petirrojo. Es su esfuerzo.

—¿Y éste es el nido?

—No es el nido. Es su esfuerzo.

—Ya veo.

Pero la señorita Reed no lo veía. Nadie lo veía.

Una noche Nico se acostó en su cama y pensó en todos los dibujos pegados en la pared.

Luego se miró al espejo.

Se sintió inspirado para hacer otro dibujo,
y lo pegó detrás de la puerta de su
habitación, donde nadie más pudiera verlo.

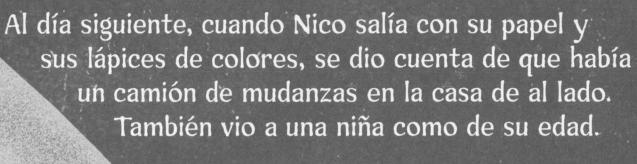

Al día siguiente, cuando Nico salía con su papel y sus lápices de colores, se dio cuenta de que había un camión de mudanzas en la casa de al lado. También vio a una niña como de su edad.

—Hola —dijo la niña—. Me llamo Iris.

—Yo me llamo Nico. Hola.

—¿Qué haces con esas cosas?

—¿Con esto? Nada.

—¿Vas a dibujar?

—Bueno, sí. Me gusta hacer dibujos.

—¿Puedo verlos?

—No lo sé —dijo Nico—. Puede que no te gusten.

—Pero puede que sí —respondió Iris.

Nico pensó que sería
grosero decir que no,
así que invitó a Iris
a su casa.

Cuando llegaron a su habitación,
Nico se preparó para las
preguntas.

Pero Iris sólo miraba y miraba.

Al final, tras observar cada dibujo
de la habitación, Iris descubrió
el que estaba detrás de la puerta.

—Guau —dijo Iris.

—¿Qué? —preguntó Nico.

—Creo que estabas muy triste cuando dibujaste esto.

—¿Cómo
supiste?

Iris pensó un momento.

—Porque se parece
a lo que siento yo.
Estoy triste porque
tuvimos que mudarnos
de casa.

De pronto, Nico sintió
que una ventana se
abría en su cabeza.

—¿Puedo hacerte un dibujo? —preguntó Nico.

—¿Un dibujo para mí? ¡Claro! —dijo Iris.

Una idea se coló revoloteando por la ventana abierta como si fuera una mariposa,

viajó hasta su estómago, y luego
por su brazo y sus dedos hasta llegar a los lápices,
y de allí se escapó hacia el papel
en un remolino de colores.

Cuando terminó
le entregó
el dibujo a Iris.

Esta vez fue Nico quien hizo
la pregunta.

—¿Qué es?

Iris miró el dibujo un largo rato
sin decir palabra. Al fin levantó
la mirada y vio a Nico.

—No estoy segura, pero
me hace sentir que hice
un nuevo amigo.

Nico miró
fijamente a Iris.

—¿Puedes ver eso?

—Puedo sentirlo —respondió Iris—.

Como una mariposa que se posa sobre mi dedo.

—¿Una mariposa? —preguntó Nico.

—Ya sé. Suena muy raro.

Nico sonrió.

—No para mí.

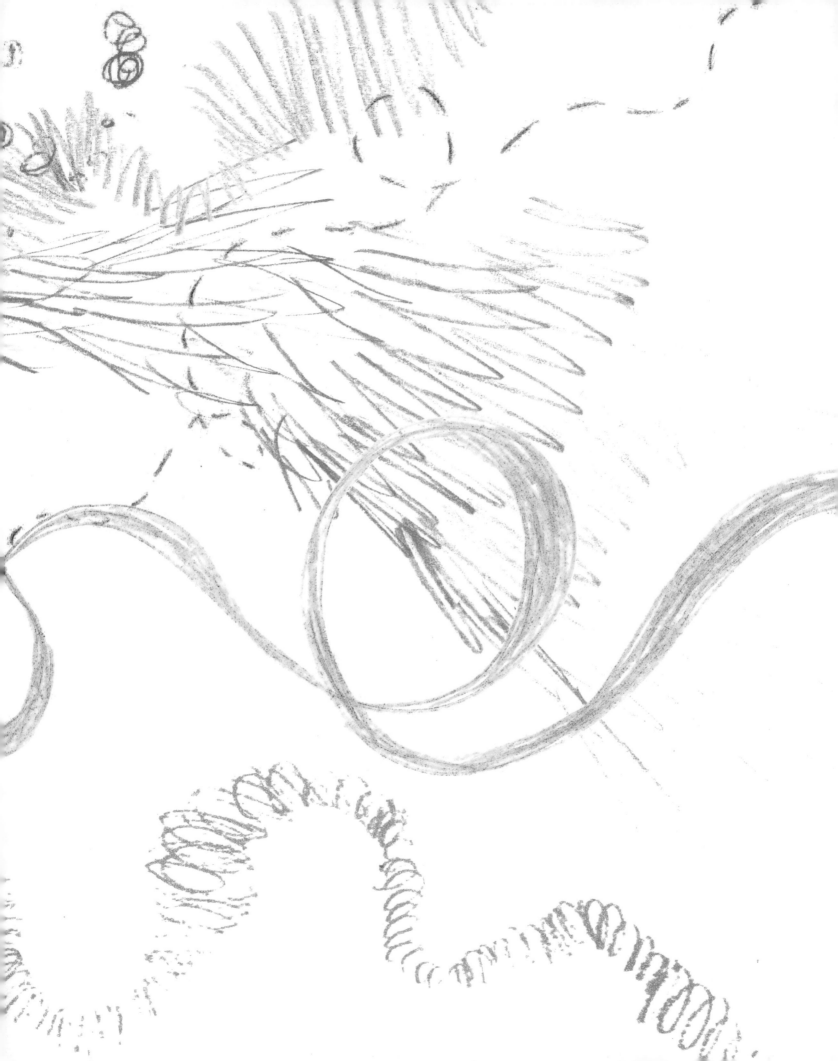